Provença, 101- Barcelona
Traducción de José Fernández
Quinta edición, 1998
Depósito legal: B.47.917-1998
ISBN 84-261-1944-1
Núm. de edición de E.J.: 9.617
Impreso en España - Printed in Spain
Implitex, S.A. - c/. Llobregat, 30 - 08291 Ripollet (Barcelona)

En el restaurante

Helen Oxenbury

EDITORIAL JUVENTUD, S.A.
Provença, 101 - 08029 Barcelona

Mamá dijo:
—Estoy demasiado cansada para cocinar.
—Yo también —dijo papá—.
Vamos a comer fuera.

—Espera, te traeré
una silla alta
—me dijo el camarero.

Había mucha gente y hacía calor.
—¿Por qué no te estás quieto en tu silla,
como ese niño y esa niña tan buenos?
—dijo papá.

—Vuelve a sentarte —dijo mamá—.
Ahora mismo van a traerte
una comida muy rica.

—¿Por qué no me dijiste que tenías que ir, antes de que nos sirvieran la comida?
—me preguntó mamá.

No tenía mucho apetito; por eso
me metí debajo de la mesa.
Alguien tropezó con mi pie.

Se armó un terrible estropicio.

—¡Se acabó! —dijo papá.
—¡Nunca más! —dijo mamá.
"De todos modos, yo creo que es mejor comer en casa", pensé.